AF143129

Les larmes à double sens

**CHORZEPA
JEREMY**

Les larmes à double sens

FSC
www.fsc.org
MIXTE
Papier issu
de sources
responsables
Paper from
responsible sources
FSC® C105338

© 2015, Jérémy Chorzepa

Edition : BoD - Books on Demand
12/14 rond-point des Champs Elysées, 75008 Paris
Imprimé par Books on Demand GmbH, Norderstedt, Allemagne
ISBN : 9782322039722
Dépôt légal : août 2015

1 – L'enfance

Le dix-neuf décembre 1992, mes parents me mirent au monde. Pour le prénom, ils avaient hésité entre Rémy ou Jérémy, et finalement ce fut le second qui l'emporta. Je pesais trois kilos cinqcents grammes pour cinquante centimètres.

Je poussai mes premiers cris à la clinique Claude Bernard à Ermont, une ville du Val d'Oise (95), en milieu d'après-midi. Après quelques jours passés en clinique, mes parents repartirent chez eux à quatre au lieu de trois. Après une année, je me mis petit à petit à marcher. Je subissais parfois des chutes, mais quelques temps plus tard j'arrivai à rester debout. Je commençai même à courir.

Je suis passé dans les bras de toute ma famille. D'abord, dans ceux de mes grands-parents, et ensuite ce sont mes parents et ma sœur qui m'ont soulevé dans les airs. Ils m'ont vu grandir de semaines en semaines.

Je me rappelle la fois où mes parents m'ont dit qu'il y avait une personne dont je n'aimais pas la voix, puisqu'à chaque fois qu'il venait et qu'il parlait, je pleurais. C'était mon cousin par alliance.

Un peu après ma naissance, mes parents m'ont baptisé. Un collègue de travail à mon père et une copine à ma mère sont devenu mon parrain et ma marraine.

À l'âge de trois ans, l'école entra dans mon planning. Elle remplissait toutes mes journées de la semaine. À la maternelle tout était beau ; les maîtresses étaient gentilles et les camarades aussi. Je me faisais pleins d'amis que jamais je n'aurais quitté, surtout un avec qui je passais la plupart de mon temps. Dans la cour de récré, j'étais tout le temps sur un vélo à trois roues ou sur un toboggan.

Nous étions au mois d'octobre. Les flashs, pas ceux des radars mais bien ceux du photographe qui photographiaient les enfants seuls, puis ensuite en groupe, commençaient leur travail. Tous les matins avant les cours, mes parents m'emmenaient au centre de loisirs. Les animateurs étaient géniaux, jamais ils ne laissaient un enfant dans un coin. Si cela arrivait, ils venaient tout de suite pour l'occuper. Je peux dire que c'était un peu mon cas. Tous les soirs après les cours, les élèves retournaient au centre pour goûter et jouer, jusqu'à l'arrivée des parents.

Le mercredi, il n'y avait pas école, mais vu que mes parents travaillaient, j'allais aussi au centre. Ce jour-là était spécial car tous les enfants qui allaient au centre, partaient dans une école à quinze minutes de marche. C'était l'endroit où on pouvait faire de nouvelles rencontres. Pour ma part je n'aimais pas trop, je me faisais pas plus d'amis que ça. Les animateurs du centre de loisirs, je ne pouvais pas m'en passer. Ils étaient tellement gentils. Un surtout : il s'appelait Moumouss, du moins c'est comme ça qu'on l'appelait. C'était mon animateur préféré. Un autre aussi, Tahar, était vraiment sympa. Malheureusement il est décédé d'une crise cardiaque en pleine nuit. On ne nous l'a pas dit, mais je l'ai entendu dans une discussion entre la directrice du centre et un animateur. Cela m'a choqué. J'en ai même pleuré la nuit. Anne-Marie, c'était ma préférée dans les animatrices femmes ; tellement gentille et avec son petit accent du sud, quand elle criait ce n'était jamais sévère, elle t'expliquait la chose, et te disait de ne plus recommencer. On comprenait tout de suite et rares étaient ceux qui continuaient après.

En petite section de maternelle, on faisait des dessins. En moyenne et en grande section on apprenait à lire et à écrire. Mes notes étaient bonnes et je me sentais à l'aise. Tous les soirs quand mes parents venaient me chercher, j'avais le sourire aux lèvres ; rien de mieux pour être heureux. À chaque anniversaire, la star qui fêtait le sien amenait toujours un gâteau pour pouvoir le manger dans la classe et tout le monde était content. La star du jour recevait un petit cadeau de la maîtresse, comme elle en avait envie, bien sûr. Personne n'oubliait les anniversaires, surtout si c'était pour louper quelques heures de cours, faire des coloriages ou manger des gâteaux. Ce n'était que du plaisir à cet âge.

À la fin de chaque année tous les élèves étaient costumés et suivaient le cortège, pour brûler l'éventail en paille préparé par les animateurs et quelques fois par les jeunes de primaire. Cette fête me plaisait bien. Et chaque année, j'avais hâte d'être à ce jour.

Il y avait aussi, particulièrement pendant les vacances scolaires, les nuits au centre. Pour ceux qui le voulaient, ils y ramenaient leurs duvets et dormaient là-bas. Pendant ces soirées, ils pouvaient s'éclater, danser sur de la musique qui était mis spécialement lors de ces événements. Au début ça faisait bizarre de quitter mes parents, mais après la première nuit passée je ne voulais plus partir, je voulais faire ça tous les jours ; c'était vraiment bien. Lors des repas de ces soirées, il y avait barbecues, avec hamburger, frites, taboulé. C'était vraiment trop chouette ! Je n'oublierai jamais ces soirées. Le lendemain matin au réveil, avec mes camarades on allait à la cantine pour prendre nos petits déjeuners ; croissants, pains au chocolat, lait, céréales, tartines au Nutella, tout ce que j'aimais. Dans l'après-midi, les journées où il faisait chaud, les animateurs faisaient chauffer de l'eau et remplissaient une piscine d'eau, c'était que du bonheur quand on transpirait ! Alors quand on pouvait en profiter et qu'il y avait une piscine à l'extérieur, tout le monde sautait dedans sans réfléchir.

À la fin de l'année, je devais les quitter pendant deux mois. Cependant, avec mon meilleur ami nous ne nous quittions jamais pendant une telle durée. Alors on s'invitait chacun notre tour chez soi. On jouait à la Playstation, ou au football dans le jardin. Ces moments-là étaient vraiment magiques. Parfois, on s'invitait à dormir pour passer plusieurs jours ensemble. Plus le temps passait, plus nous étions complices. Nous commencions vraiment à nous donner de la confiance réciproquement, et à devenir ce qu'on appelle de vrais amis. Je comptais bien le garder à mes côtés pour longtemps.

Les quatre années de maternelle passèrent à une vitesse folle et si c'était à refaire, je le referais sans aucun doute. Des animateurs et des maîtresses comme ceux que j'avais, ça ne s'oublie pas. Niveaux professeurs, c'était les meilleurs maîtres et maîtresses de toutes les générations. Surtout une qui s'appelait Danielle. Tout le monde l'adorait, il faut dire qu'avec cette gentillesse-là on ne pouvait qu'être aimée, j'ai passé deux ans avec elle en CP et CE1. Heureusement je passais juste car à la fin de l'année scolaire du CE1, cette maîtresse devait partir en retraite. Quelle tristesse pour moi, elle qui m'avait tant aidé...

[Le CE2 passe sans soucis]

Cela fut tout à fait différent, avec la maîtresse du CM1. Cette maîtresse m'a enfoncé au lieu de m'aider, en sachant que j'avais quelques difficultés. Cette année-là, tous les matins j'aurais voulu rester dans mon lit, et dire à mes parents que je ne me sentais pas bien pour ne pas passer la journée avec elle. Heureusement, ils ont pu obtenir un rendez-vous avec elle, pour discuter et surtout pour trouver une solution. C'est en fin d'année seulement qu'elle a commencé à comprendre mes difficultés et à faire des choses pour m'aider. Cela dit, j'avais tout de même eu une année d'enfer avec cette institutrice.

Pour terminer mes cinq années de primaire, je passais en CM2, année qui s'est déroulée comme sur des roulettes. Pour la toute première fois, j'ai eu un maître et non pas une maîtresse comme dans toutes les classes auparavant. Ce maître a pu m'aider sur des tas de choses. En fin d'année au vu de mes difficultés, il décida de me placer en S.E.G.P.A, une classe spécialisée pour les élèves en difficultés. Au départ, je me suis senti blessé sur le fait d'être en défaut, en CM2 seulement, mais cette blessure n'est pas restée longtemps en moi.

En maternelle comme en primaire, le mois de juin donnait toujours un petit goût de vacances. Jouer à des jeux de sociétés en classe, il n'y avait malheureusement qu'en fin d'année qu'on pouvait avoir cela. Vers fin juin, on pouvait assister à la kermesse. Quoi de mieux pour terminer l'année ? Certes, les tickets pour les jeux étaient payants mais au final tout est payant dans la vie, même pour s'amuser. Pleins de jeux étaient organisés par des parents d'élèves. Si les enfants réussissaient le jeu ils gagnaient des petits lots, qui n'étaient pas moins que des lots que les parents avaient dans leurs entreprises, ou des choses dont ils ne se servaient plus. Mais enfant, on joue avec tout et n'importe quoi donc c'était pareil. Je mettais tout mon cœur aussi dans les chants lors des kermesses. Une scène était installée juste pour les élèves.

Chaque classe passait les unes derrière les autres ; cela commençait le matin et se terminait en début de soirée. Il y avait l'heure de la pause du midi entre les deux, pendant ce temps-là, un stand sandwicherie et boisson étaient installés, pour se nourrir mais aussi pour se rafraîchir car chaque année il faisait une bonne chaleur. C'était à la fin d'une de ces kermesses que les élèves de toute l'école ont pu remercier, Danielle, la maîtresse qui partait dès-à-présent en retraite. C'était dur de se séparer d'elle pour les années suivantes ; du coup, pratiquement tous les élèves lui ont offert un cadeau ou une boite de chocolat pour la remercier. C'était vraiment de fabuleuses années qu'on avait passé à ses côtés. Malheureusement, nous n'avons pas eu de nouvelles d'elle après cela. Après tout, c'est la vie... C'était donc parti pour deux mois de vacances.

Vers le mois de juin et donc avant les grandes vacances tant attendues, et surtout avant d'entrer dans quatre années de collège, avec le maître de CM2 il y eu la remise du dictionnaire. Cela se faisait dans la grande cour derrière la mairie de la ville. Les élèves étaient appelés chacun à leur tour pour venir récupérer leur dictionnaire. Ces cinq belles années de primaire avec ses bonheurs et ses malheurs, se terminaient maintenant. Deux mois après, une nouvelle aventure et pas des moindres allait débuter pour moi : le collège. Voilà l'endroit où pour certains le cauchemar commençait ; un cauchemar par lequel je ne serais pas épargné.

Pour les vacances d'été, mes parents, ma sœur et moi avions pris l'avion pour nous rendre dans un club de vacances en Tunisie, pendant deux semaines. Pour s'occuper, il y avait des activités prévues par les animateurs du club. Ma sœur a choisi le théâtre, moi comme j'étais plus petit, on m'a placé dans un groupe de garçons et filles de mon âge. Ils préparaient un spectacle pour la fin de semaine mais j'avais prévu bien autre chose.

Chanter devant tous les vacanciers du club, deux chansons improvisées, "la souris verte" meilleure chanson quand on est petit, et " partir un jour des 2be3". À cinq ans, chanter sur une scène devant plus de milles vacanciers, cela n'avait pas de prix, c'était vraiment énorme! C'était ici que j'avais rencontré mon premier amour de jeunesse avec une jeune fille blonde de mon âge qui était très sympa. Son prénom? Julie. Elle était vraiment belle. Ses parents avaient même pris une photo de nous deux. Elle est restée longtemps dans mes pensées, c'était une fille inoubliable.

2 - La Colonie

Un jour de mes dix ans, mes parents m'ont inscrit dans une colonie de vacances. Départ pour la Canourgue dans le département de la Lozère. C'était dur de quitter ses parents pour la première fois pendant deux semaines mais bon je voulais le faire, alors je suis parti. Les animateurs je les connaissais pour la plupart, ce sont des animateurs du centre de loisirs de mon école. Celle que je préférais, était Delphine.

Le trajet fut long, et quand on est petit il le parait toujours, je ne sais pas pourquoi. C'est pendant ces deux semaines que j'ai rencontré Raphaël, un jeune qui avait à peu près mon âge. J'ai déjà dû le voir dans l'école mais sans faire très attention. On a donc discuté pendant le voyage, nous avons bien sympathisé.

Une fois arrivé là-bas, on devait choisir nos camarades de chambre, nous devions être par groupe de cinq. Comme je m'étais bien entendu avec Raphaël, je me suis dit que nous allions nous mettre ensemble avec deux autres personnes au hasard. Enfin les deux autres ont été choisis : Arthur, qui était dans ma classe lors de mon primaire, puis Pierre Jacques, que je ne connaissais pas. Il venait de l'école Lamartine, où j'allais le mercredi avec le centre aéré, les semaines où je n'avais pas cours.

Pendant cette colonie, j'ai effectué plein d'activités. Accrobranche, canoë-kayak, vélo. Et même de l'escalade qui n'est pas un très bon souvenir. J'étais avec Arthur, c'était lui le premier à grimper, moi en bas je devais le sécuriser. Je le faisais bien, le professeur me l'avait dit. J'aimais bien entendre ce genre de chose, ce n'était pas souvent de la part d'un éducateur. Une fois Arthur descendu, on a inversé les rôles. Il me sécurise et je monte donc petit à petit jusqu'en haut. Arrivé pratiquement en haut, le professeur crie sur mon coéquipier : « Et la sécurité elle est où ? Jérémy n'est pas sécurisé là, s'il tombe il meurt ! ». Je l'entendais. Depuis qu'il avait crié, je n'osais plus bouger. Peur de bouger sans le vouloir et de tomber. Heureusement ce n'était pas extrêmement haut, mais quand même. C'est donc notre éducateur lui-même qui a sécurisé la corde pour que je puisse redescendre.

Je me souviens des lits en mezzanine, j'aimais bien être en hauteur et les trois autres de ma chambre étaient d'accord, du coup j'ai pu y être. Enfin cela a été jusqu'à un certain soir. On entamait la deuxième semaine de vacances. J'étais dans mon lit et en pleine nuit j'en suis tombé. Mes camarades ont tous entendus un énorme vacarme. Au départ ils rigolaient jusqu'à s'apercevoir que c'était le bruit de ma chute. Ils ont vite appelé un des surveillants. On a appelé les pompiers pour être certain que je n'avais rien, car j'étais légèrement tombé sur la tête. Au final rien de grave. Plus de peur que de mal.

Chaque jour, on pouvait recevoir du courrier de nos parents ou notre famille, c'était assez marrant, on faisait des paris sur qui allait recevoir du courrier et qui n'allait pas en recevoir. J'en ai reçu deux fois pour ma part, un la première semaine et l'autre la deuxième semaine. Moi aussi, je leur avais écrit, une lettre chaque semaine comme eux, ces courriers je les ai gardé longtemps. Je les ai regardé bien plus tard, et ça m'a fait chaud au cœur de voir comment on écrivait étant petit, mais c'était marrant.

Le dernier jour de colonie était un vendredi, c'est ce jour-là que les animateurs nous ont annoncé que ce soir serai notre boom de fin de séjour. Chacun s'est fait le plus beau ou la plus belle possible. Pour ma part, j'avais pris une petite chemise couleur chair avec un pantalon noire. Lors de cette colonie, j'avais un petit coup de cœur pour une des filles. Lors de cette soirée, vers la fin, ils avaient mis des musiques de slows, le meilleur moyen pour pouvoir danser avec elle. Et elle me l'a accordé ! J'étais tout heureux, je crois que je ne m'étais jamais senti aussi bien. On était à la limite de s'embrasser mais c'est à cet instant que la chanson s'est arrêtée.

La soirée c'est terminer comme cela, mais cette fille que j'ai failli embrasser m'a poser une question.

-   Demain dans le bus du retour tu voudras bien te mettre à côté de moi ? me demanda-t-elle.

Je devenais tout rouge.

-   Bien sûr, avec plaisir.
-   Cool !

D'un coup j'ai rougi, je n'osais pas lui parler, par peur de la blesser avec ma question que je voulais lui poser depuis le début. Mais je me suis dit, qui ne tente rien n'a rien, alors je lui ai avoué que je l'aimais.

- Depuis le début de la colonie, je n'arrête pas de te regarder, tu es trop belle !

Elle a mis quelques secondes, puis a fini par me répondre.

- Tu m'as choqué là, je ne m'attendais pas du tout à ça. Mais c'est vrai que moi aussi j'ai mon cœur qui s'est emballé quand tu m'as demandé de danser le slow avec toi.

On s'est de plus en plus rapproché l'un de l'autre, puis on a fini par s'embrasser. Un petit bisou qui pour moi à une telle importance. Cela m'a donné une confiance en moi énorme. Je ne sais pas ce qu' elle a ressenti, mais elle commençait à rougir aussi.

Le jour J est arrivé, celui de prendre le bus pour rentrer à la maison. Sept heures de route. Comme prévu je me suis mis à coté de Lucie, la fille qui m'a demandé d'être à côté d'elle dans le bus. Elle avait un MP3 pour écouter de la musique.

- Tu veux écouter avec moi ?
- Oui pourquoi pas, tu écoutes quoi ?
- En ce moment j'écoute du tragédie.
Un groupe de RnB.
- Ah, vas-y alors !

Elle mit sa musique et pose sa tête sur mon épaule.

Et la musique passe les unes derrière les autres, et le temps passe vite. On arrive déjà à la mairie de la ville ou j'habitais, c'est là que mes parents m'attendaient.

3- Les souvenirs

Mon premier anniversaire avec mes copains, je l'ai fêté au Mc Donald's. La dame qui s'occupait de nous, nous a fait jouer à plein de jeux. C'était amusant. C'est là que j'ai compris ce qu'étaient des amis. Je n'ai jamais oublié ni cet anniversaire, ni le garçon qui était assis à mes côtés, ce meilleur ami d'école que je ne pouvais pas oublier de mettre sur la liste des invités.

Au cours de ces années, j'ai rencontré Clément un garçon avec qui je ne parlais pas souvent au début, mais qui pourtant avait un grand cœur comme moi. Je traînais plus avec un autre qui s'appelait Romain. On jouait toujours ensemble dans la cour. Lors des défilés qu'on faisait avec l'école, on était aussi côte à côte. Mais la vie nous a séparés ; Romain a dû partir vivre dans une autre région dans le sud de la France, à Marseille.

Du coup j'ai dû me refaire des amis, me recréer de nouvelles amitiés avec le nombre d'enfants qui étaient dans cette école, ça n'avait pas l'air trop difficile pour moi. Puis j'ai fait la rencontre de Guillaume, un garçon très sympa. Nous sommes devenus au fil du temps de très bons amis. Avec lui, je faisais souvent des soirées, je dormais chez lui. D'autres week-ends, c'était l'inverse. On faisait des soirées Playstation – jeu de football – la plupart du temps, notre sport favori à tous les deux. On y passait quelques fois la nuit pour y jouer, des nuits blanches, c'était connu pour nous à cet âge. Mes parents se demandaient même ce qu'on pouvait bien faire à des heures aussi tardives. Quand ce n'est pas sur la Playstation, c'était football dans mon jardin qui était prévu, c'était vraiment cool!

Je me rappelle qu'avec une copine, Cindy de son prénom, pendant une certaine période, nous avons fait connaissance d'un petit Clément qui était en maternelle, il avait une petite bouille trop craquante. Il avait également un petit accent qui était tellement beau à entendre. Et oui moi, j'aime vraiment l'accent du Sud. On jouait tout le temps avec lui, on était comme des parents pour lui. C'était un plaisir de jouer avec, c'était vraiment de bons moments.

Je me souviens aussi de bons moments avec ma famille. Qu'y a-t-il de plus cher qu'une famille unie? Avec un de mes cousins, ainsi que sa sœur, on s'invitait souvent l'un chez l'autre. Je me rappelle surtout des nuits passées chez lui. Le matin on les accompagnait chez moi ou alors on allait les chercher avec mes parents. On jouait toute la journée au foot dans mon jardin, qu'il fasse soleil, pluie, ou neige, voire par temps boueux. On enfilait de vieux habits, et c'était parti pour une journée « football ». Les seuls moments où on arrêtait, c'était l'heure du midi pour se redonner des forces. Ma mère préparait de bons petits plats comme « steak frites » par exemple ou même spaghettis à la bolognaise. Pour digérer on faisait une petite pause devant la console de jeux ou l'ordinateur, avant de repartir dehors pour un petit football. On mettait des habits pour faire les poteaux de but mais bon ce n'était vraiment pas le top. Du coup avec mes économies et l'aide de mes parents, un après-midi, mes cousins et moi, sommes allés dans un magasin de sport pour acheter des petites cages de football pour vraiment faire comme les professionnels. Ceci nous incita encore plus à jouer. La nuit qui tombait ne nous empêchait pas de continuer. Les lumières étaient allumées: on était multisports.

Après le football on devenait basketteur, j'avais un panier qu'on avait installé en hauteur, tenu par deux ficelles. C'était bizarre mais assez bien pour s'amuser. Comme il était tard, après avoir dîné, ma chambre se transformait en terrain de basket. Un petit panier avec une petite balle, achetés en grande surface dans le rayon des jouets, convenait très bien. Avant de se coucher on se mangeait des tartines au Nutella. On en avait plein autour de la bouche mais pour faire des photos, c'était assez marrant. Des photos souvenirs comme cela, je les garderais très longtemps car ce sont de bons souvenirs.

Un été, le cousin de mon père est venu du Canada avec sa femme et ses enfants pour les vacances. Mes parents, ma sœur et moi, nous leur avons fait visiter Paris et bien sûr la Tour Eiffel. Montés au tout dernier étage ils ont été impressionnés. Deux jours plus tard, nous sommes allés avec eux dans un parc d'attraction à Paris. Un soir dans la semaine, c'était soirée fiesta avec mon cousin germain : on s'était déguisés pour faire un spectacle devant nos parents. Rien à dire de plus, on était vraiment fous ce soir-là. Mais vraiment un très bon souvenir qui est resté gravé dans ma mémoire, de bons souvenirs aussi pour ceux qui venaient de l'étranger.

Pour les vacances d'été de 2005 nous avions été chez Lydia ma cousine et Georges son ex, les parents de Léa et Mathilde, mes deux petites cousines. Ils habitent Maubec dans le Vaucluse en région PACA. Nous sommes restés deux semaines, quand on ne les voit pas souvent cela tombe bien. Chez eux il y avait une piscine, en plus de ça il faisait beau et chaud. Un temps idéal pour aller piquer une tête au fond de la piscine. Léa était assez grande et savait nager, par contre Mathilde elle était petite, elle avait les brassards mais rester comme même sur les marches au bord de la piscine. Avec Léa ont était comme des fous dans l'eau. Je me rappelle aussi qu'on faisait des jeux olympiques à nous. On dessinait des drapeaux de certains pays sur une feuille et on attachait les feuilles entres elle sur un bout de ficelle. Dans la piscine on nageait le plus vite possible, celui qui arrivait en premier au bout de la piscine gagnait. Tous les jours nous nous sommes baignés.

4 - Le souffre-douleur

Septembre 2007, entrée au collège dans la cour des grands comme le disaient certains. Le professeur de CM2 m'avait fait entrer dans une classe de S.E.G.P.A, pour les jeunes en difficultés. J'ai pu faire la connaissance de tous mes camarades de classe et au fur et à mesure de la semaine, je fis la rencontre de mes professeurs, dont celle qui était devenue ma prof principale. Que des gens sympas dans la classe. Je me suis fait beaucoup de bons amis. L'année passait et les profs voyaient tous que mon niveau était vraiment élevé, pour continuer mon parcours en S.E.G.P.A.

Ils m'ont donc fait passer quelques examens. Après les résultats, les profs, ainsi que le directeur de la S.E.G.P.A ont décidé à l'unanimité de me faire passer en générale. Nous étions deux dans ce cas-là. Cependant, il semblait obligatoire pour nous de refaire une 6e générale. Une année de plus en 6e n'allait pas me faire plus de mal, et donc j'étais reparti pour un an. Mais cette année-là ne s'était pas passée comme les autres, et cela a commencé à me détruire peu à peu. J'allais même jusqu'à avoir des idées noires qui me passaient par la tête.

Le cauchemar commençait maintenant.

Des profs tous très gentils mais une classe qui commençait à me créer des ennuis. Je commençais à devenir le mal-aimé de ma classe, voire le souffre-douleur. Vols d'objets dans ma trousse ou dans mon sac, frappé par derrière, tout ce qu'un souffre-douleur pourrait subir et encore, ce n'était pas grand-chose. Quelques mois plus tard les toilettes étaient devenues mon pire cauchemar. J'ai souvent été embêté par des élèves de troisième. Je n'étais pas assez fort dans mon caractère, ce qui avait amené deux jeunes du collège ou plutôt un à me faire aller dans les toilettes avec lui. Ce n'était pas pour faire pipi. Si ce n'était que ça j'aurais pu y aller tout seul. Non, là il m'a enfermé dans l'une des toilettes et m'a pris par derrière pour me VIOLER. Oui violer! Je ne vais pas rentrer dans les détails, tout ce que je sais c'est que cela a été douloureux, je n'ai pas arrêté d'être en larmes toute la journée. Personne ne l'avait remarqué. Peut-être que mes yeux rouges n'étaient pas assez visibles, et que mes larmes sur mes joues n'étaient pas assez grosses pour le voir. Personne n'entendait, enfin personne ne faisait l'effort d'entendre car plusieurs personnes étaient à la porte des toilettes de l'école. Ces quelques élèves voyaient juste un élève de troisième sortir en riant et un autre de sixième en pleurs de douleurs, mais aussi et surtout en pleurs de honte. Il ne restait plus que deux heures de cours, l'envie de travailler n'y était plus. Les jours passaient, l'envie ne me revenait pas. Mes notes ne s'étaient pas améliorées, déjà qu'elles n'étaient pas très bonnes mais avec cela elles baissaient encore plus. Les profs disaient que j'étais en difficulté. Oui je l'étais mais il y a une chose qu'eux ne savait pas, et que même ma famille ne connaissait pas, c'était la raison qui a empiré ma situation. Quand je repense aux aides, je pense surtout à une de mes profs, professeur d'Anglais de ce collège, cette prof ne m'avait jamais laissé seul dans mon coin avec mes difficultés. Je l'aimais trop.

C'est là que je me suis mis à l'écriture, ce viol devait partir de moi. Certes, il n'est pas parti de moi mais je l'ai éloigné de mes pensées en écrivant une chanson qui ressemblait à ça :

Aujourd'hui est un beau jour, c'est celui de la rentrée.
Il va bientôt rentrer en cours, et se créer des amitiés.
Les gens se parlent entre eux, lui seul est écarté.
Il ne fait pas partie de ceux, qui peuvent rire et s'éclater.
Alors il se braque dans un coin, reste seul comme un con.
Seulement la fin d'année est loin, il reste seul tout du long.
Une personne vient vers lui, comment savoir si elle est réelle.
Ne vient-il pas se moquer de lui, et lui foutre un coup de pelle.
La situation empire chaque jour, elle lui joue des

mauvais tours.

Maintenant, il est une victime, toute la classe le prend pour cible.

ses nuits sont que cauchemars, et pourtant, tout le monde se marrent.

Depuis ces années de calvaire, il ne sait plus comment faire.

Détruire des cœurs et son point fort, maintenant il arrête ces efforts.

Son cœur est perdu, détruit et va bientôt perdre vie.

Pourquoi tant de haine envers lui, pourquoi doit-il subir tout ça.

Il pleure tout seul dans son coin, et cache ses yeux avec ses mains.

Les toilettes, il y va, mais ne reste vraiment pas longtemps

Il essaye de ne plus du tout y aller, et cela, pour un moment

Au collège, il y allait souvent et pas pour lui personnellement

Il y est allé avec des gens qui le détruisaient naturellement

ses parents n'en savent rien, ils ne savent pas qu'il n'est pas bien

Ils ne savent pas ce qu'est arrivé, et il ne compte pas leur raconter

Le jour où il doit leur dire la vérité, ça sera le jour pour se tuer

Ce poème reste gravé en lui, normal, car cela est sa traversée.

Les jours ont filés, aujourd'hui, il tire un trait sur son passé

Dans le passé, tu te rappelles, quand tu me voyais en larmes
Aujourd'hui, je suis fier, de remonter mes armes
Tu veux savoir ma vie ? Je ne vois pas l'intérêt
Car comme je te vois ici, je n'ai aucun regret
Tu te rappelles des toilettes, ou tu voyais mes fesses
Ou bien le casier droit, où tu me mettais des droites
Tu étais bien content, de me donner des leçons
Mais le jeu n'a pas duré longtemps, car aujourd'hui, tu n'es qu'un pion
Aujourd'hui, il est bien là, l'humain est devant toi
Pourquoi tu ne me regardes pas, il fut un temps, tu te foutais de moi
T'as peur que je me moque de toi ? T'inquiètes pas, c'est pour moi.
Cet aprèm en face de toi, je me sens comme un roi.
C'est sur ce morceau-là, que je te dis adieu
Tu n'existes plus pour moi, alors sors de ce lieu
Lieu qui reste secret, malgré tous les faits
Je sors la tête de terre, c'est aujourd'hui que je t'enterre.

     Cet événement m'a traumatisé, après cela, j'ai perdu toute confiance en moi. J'étais comme perdu. J'ai perdu certains amis depuis qu'ils ont été mis au courant. Par qui ? Je ne sais pas, à vrai dire une seule personne était au courant à part moi, c'est mon meilleur ami, mais ce n'est pas lui qui irait dire ça, je le connais trop et vu le lien qu'on a, c'est impossible que ce soit lui. C'est après des questions posées à un peu tout le monde et des recherches qu'on a su que c'était le violeur qui avait averti pratiquement toute l'école. C'est là que le véritable harcèlement scolaire à commencer.

À la fin de la quatrième j'ai eu seize ans. C'était l'âge légal pour quitter le système scolaire. On ne me l'a pas dit deux fois. J'étais un jeune homme sans histoire et timide, qui demandait qu'à être aidé parce que je me retrouve au milieu de certains diables (et encore le mot est faible), ce n'était pas pour moi. Du coup au mois de juin, je me suis renseigné pour effectuer un C.A.P cuisine. C'était le métier que j'avais en tête depuis mon plus jeune âge. Je me suis donc rendu à Cergy, qui est à quinze kilomètres de chez moi, pour m'inscrire à une session. J'ai reçu un avis favorable ; je commençais donc en septembre. C'était une formation alternée entre les cours et l'entreprise. La formation se déroulait à quarante-cinq minutes de chez moi en bus, quinze en voiture ; pour l'entreprise, je pouvais compter une vingtaine de minutes de transports en commun.

L'année commençait, tout se passait bien, j'étais dans une bonne classe, avec une bonne entente. Quelques élèves mettaient un peu le bazar, mais c'est commun dans toutes les classes. J'ai débuté dans cette école une formation d'apprenti-cuisinier, en pré-apprentissage. Tout se passait bien, les formateurs étaient très sympas, ils étaient deux en cuisine, ils alternaient chaque jour, avec une des formatrices, ma préférée. Elle faisait cuisine mais aussi la salle. Pour l'entreprise même si j'ai pu rencontrer quelques difficultés, j'aimais bien. Mon maître d'apprentissage s'appelait

Floriano, son commis de cuisine lui, s'appelait Jérémy, comme moi. Ils étaient gentils et drôles tous les deux. Je me faisais un plaisir d'y revenir, même si mes difficultés ne me mettaient pas dans un bon état. On ne travaillait que le midi, sauf le week-end pendant lesquels des soirées étaient organisées. Fin de l'année de pré apprentissage en juin 2007.

Septembre 2008, rentrée des classes, c'est à ce moment que j'ai pu commencer ma première année de formation à proprement parler, toujours dans la même école et la même entreprise. J'étais timide et donc je restais toujours à l'écart. Je n'avais pas fini de me prendre des vannes sur mon caractère, et aussi sur mon physique. À cette heure, je n'avais pas vraiment l'envie et la force pour répondre à tout ça, alors je me suis laissé faire comme tout jeune harcelé qui avait peur de la suite.

En entreprise, le chef cuisinier avait changé et cela se passait moins bien. Certains jours ça allait, d'autres moins. Je me retrouvais souvent en larmes, à ne pas comprendre ce qu'on me disait de faire ou ne pas réussir à faire des choses qui semblaient pourtant si faciles. Une collègue à lui, qui est assez bien placée dans l'entreprise, tenta alors une chose qui allait s'avérer payante. Après un rendez-vous entre l'entreprise et l'école, il m'a changé de côté et je pris une tenue un peu plus classe, celle de serveur.

L'année passant, ce furent les grandes vacances pour le C.F.A seulement. Pour moi l'entreprise était ouverte, je devais donc aller y travailler. Les journées passaient et ne se ressemblaient pas, c'est ce qui est bien. Le nombre de clients changeait chaque jour mais pas le temps de s'ennuyer. Clients ou pas, il y avait toujours quelque chose à faire. Il y avait un jour que j'aimais plus que les autres : le jeudi.

Tous les jeudis, deux petites dames assez âgées venaient manger le midi. J'ai beaucoup sympathisé avec elles. Elles m'aimaient bien, j'étais très gentil, c'est ce qu'elles me disaient. Il y avait aussi des clients habitués. C'était vraiment cool de servir des gens qui venaient chaque jour ou chaque semaine, car on n'avait même pas besoin de leur demander ce qu'ils voulaient, ils prenaient tout le temps la même chose pour la plupart. Je me rappelle aussi d'un couple qui venait manger plusieurs fois dans la semaine. Ils prenaient souvent la même chose, ils m'aimaient bien. Après chaque repas, ils me donnaient toujours une petite pièce, c'était vraiment sympa de leur part. Cela m'a encouragé à continuer et à essayer de progresser de jour en jour.

Lors d'une soirée transformiste, mes parents ont invité des gens de ma famille. J'ai eu le droit à ma soirée, pour être avec ma famille et donc voir le spectacle. Quel bon moment ! Je me souviens d'une autre aussi pendant laquelle c'était le sosie de Florent Pagny qui était venu faire son spectacle. Cette fois-là, je travaillais mais j'avais quand même pu l'entendre chanter en servant. Il avait une belle voix qui ressemblait assez bien à celle du célèbre chanteur, il faut bien le dire. J'ai même eu droit à une dédicace de sa part ; c'était assez amusant.

Les vacances terminées, il était temps que le C.F.A ouvre ses portes pour une nouvelle année. Pour moi c'était la dernière, celle de mon C.A.P. Pendant cette année encore, j'alternais école et entreprise. Fin février, début mars, arrivait l'heure du C.A.P blanc. Huit heures et demie, c'est parti : les jurys étaient en place, l'épreuve a pu débuter. L'examen a commencé nickel, mais le stress est monté et m'a fait un peu perdre tous mes moyens. Le jury l'a ressenti et m'a demandé de me remettre, parce que rien n'était fini. Heureusement qu'on était seulement à l'examen blanc. Le résultat arriva quelques jours après ; il n'était pas inattendu, pour le C.A.P blanc, je m'étais vraiment raté. Le rendez-vous était pris quatre mois plus tard mais cette fois-ci, c'était pour de vrai.

L'entreprise où j'étais a fermé définitivement, j'ai donc dû chercher un autre lieu de stage. Pas besoin d'aller trop loin, grâce à un de mes collègues j'ai été admis dans une crêperie qui était dans la même rue. Cela ne plaisait pas trop à l'école mais c'était ça ou rien, car sans entreprise je ne pouvais pas continuer mon C.A.P. Alors, j'ai décidé de signer un contrat d'apprentissage avec cet établissement. Je m'y sentais bien, j'étais content d'avoir atterri là pour terminer l'année.

Au mois de mai le contrat est arrêté par l'école. Apparemment, une crêperie n'est pas le type de restauration voulu pour le C.A.P. Je continuais donc dans un restaurant que l'école m'avait trouvé à Pontoise. Cela faisait suite à un arrêt de contrat d'apprentissage d'une élève de la même école que moi. Là aussi j'ai été très bien accueilli. Il y avait une bonne entente entre tous les employés, l'idéal pour bien commencer dans un restaurant.

Quatre mois plus tard, l'épreuve écrite passée, je commençais l'examen pratique. Le jury était derrière moi pour la préparation des deux tables que je devais dresser pour midi et demie,l'heure à laquelle les clients arrivaient. Tout se passait bien même si le stress était au maximum. Le jury m'a ensuite appelé pour préparer l'assiette de charcuterie que je devais préparer à l'office (salle où les plats de la cuisine arrivent). Je m'étais bien lavé les mains, mis des gants, c'était parti pour le dressage des assiettes de mes clients. Quelques minutes plus tard ceci étant fait, c'était l'heure maintenant de préparer mes coupes de fruits, le dessert inscrit sur le menu. Même avec l'entraînement ce n'était pas mon fort, surtout pour peler des oranges à vif. Vers onze heures, mes deux tables finies et dressées, j'ai pu prendre quelques minutes de repos, reprendre des forces. Au menu du personnel : pommes de terre avec du poulet.

Midi et demi, les clients arrivaient peu à peu. J'installais mes clients et commençais mon service, je faisais comme d'habitude sans me dire que c'était pour un diplôme à la fin. Tout se déroulait dans le stress mais se terminait assez bien. Il fallait maintenant attendre le cinq juillet pour les résultats.

C'était long même très long quand on sent que l'on s'est loupé mais qu'on a fait notre maximum. Cinq juillet, c'est le jour J, après le stress pendant environ un mois, c'est vers dix-sept heures que les résultats sont tombés sur internet. Avec surprise, j'ai eu mon C.A.P. Un grand soulagement et aussi une énorme joie. Mon passé était comme oublié. Non je n'étais pas con comme certains le disait. Non je n'étais pas là pour rien comme le disait d'autres. La fin de l'année avait débutée juste après la fin de mes examens, mais pour moi j'étais en vacances dès que le verdict était tombé.

C'est là que j'ai commencé à flirter avec des filles. La première était logée à Saint-Étienne par son école. Internet était de la partie. Un petit coup de foudre après de longues discussions. Quelques jours plus tard, j'ai décidé de voyager un peu et de partir vers Saint-Étienne pour la rencontrer, puisque cela était possible. J'avais donc une semaine de vacances là-bas. La rencontre fut merveilleuse pour ma part. Je n'avais pas envie de partir, mais toutes les bonnes choses ont une fin. Alors le vendredi, je suis reparti en direction de chez moi, un peu en pleurs, ce qui est normal après une rencontre pareille. La relation n'a pas duré longtemps : le lendemain, Anaïs m'a quitté... Je ne lui manquais pas après mon départ. J'en ai pleuré mais j'ai dû faire avec. Au moins elle ne m'avait pas fait attendre pour rien ; c'est même pour cela que nous sommes restés amis.

Quelques temps plus tard, j'ai rencontré une jeune québécoise avec qui le contact était passé direct. Je l'ai pratiquement considérée comme ma petite sœur et j'ai créé une amitié sincère avec elle. Au jour d'aujourd'hui, on a toujours le même lien et je suis heureux de ce qu'est devenue notre relation. Je reste en contact par internet et parfois par vidéo sur l'ordinateur avec elle. La seule chose qui manque à notre relation, c'est que je parte en voyage là-bas pour la voir. Dans les mêmes temps j'ai rencontré Manon, une fille qui habitait pas loin de chez moi ; cette fille je l'avais rencontré sur un site de rencontre d'ados et je m'étais tout de suite bien entendu. J'étais un peu comme son père et elle était un peu comme ma fille. Quand on s'est rencontré pour de vrai, la relation n'a pas changé, elle nous a même rapproché, les câlins étaient si doux, c'était vraiment bien.

C'est aussi à ce moment que j'ai pu faire la connaissance d'un certain Denis, un nouvel ami. Il habitait Troyes mais venait souvent à Paris, c'était là où il avait le plus d'amis. Nous nous sommes souvent vu vers Saint Michel, un quartier à la frontière entre le 5e et le 6e arrondissement de Paris. Que de bonnes soirées passées avec lui. Dans la même période, j'ai fait la rencontre d'une Jennifer. Elle habitait Nancy. Le contact est vite passé entre nous et nous nous sommes vite adorés. Impossible de ne pas s'entendre avec une fille comme ça, ou alors c'est qu'on ne veut pas s'intéresser à elle.

À peu près le même jour sur internet, sur un site de rencontre entre jeunes, j'ai pu faire la rencontre d'une fille à peu près de mon âge. Elle s'appelait Élisa. Une fille avec qui j'ai beaucoup parlé et que j'ai beaucoup appréciée. Elle était passionnée de dessins. Ce n'était pas du tout ma passion mais il faut avouer que les siens étaient vraiment énormes. Aujourd'hui je voudrais bien la rencontrer, ce qui devrait être bientôt le cas.

5 - Mes Grands-Parents

Mon grand-père paternel, je ne l'ai pas connu. Mon père ne l'a pas connu non plus, car il est décédé lorsqu'il avait huit ans. A l'âge de six ans j'ai perdu ma grand-mère maternelle ; c'était en 1998. Ce fut un choc pour moi qu'elle avait porté dans ses bras. Elle m'a donné tout l'amour qu'elle avait pour moi, ce fut donc une grosse perte. Mais il est vrai que je ne l'ai pas connu longtemps, pour ne pas dire que je ne l'ai jamais connue, ou plutôt jamais passé de bons moments avec elle. En tout cas j'ai pu en passer de fabuleux avec mon grand-père maternel. J'allais passer des nuits chez lui ; il y avait une chambre spéciale pour les petits enfants. Mes cousins aussi venaient souvent.

Toutes les fêtes qu'on avait pu faire chez lui, les noëls, les jours de l'an et d'autres, aussi belles les unes que les autres !

Je me rappelle des fois où j'ai dormi chez lui quelques temps : il regardait toujours la télé dans la cuisine en mangeant, il me faisait rire. A midi pile à table, un peu comme toutes les personnes âgées. Et le soir c'était dix-neuf heures, dix-neuf heures cinq au plus tard. La nuit j'avais peur au début. Je n'ai jamais su pourquoi ; peut-être car j'étais petit. Par la suite, en grandissant, la peur s'est enfuie.

Malheureusement toute personne doit partir un jour. Lui, est décédé dix ans après ma grand-mère, en 2008. Avant son départ, il avait dit qu'il voulait se faire incinérer, nous l'avons écouté. Les frères et sœurs de ma mère, ainsi que ma mère bien sûr, se sont rendus au col de la croix de bois. Il voulait qu'une partie de ses cendres soient jetées de là, ce fut chose faite. Il faisait froid, c'était assez normal vu l'altitude. Une photo de groupe a été prise ce jour-là. Tous les fils et les filles de mon grand-père étaient dessus. Quelques jours auparavant, toute la famille était réunie au funérarium pour qu'il soit inhumé. La famille était d'un côté et de l'autre de la salle, il y avait aussi tous les amis de la famille qui venaient nous soutenir. Au milieu, devant nous, était posé le cercueil de mon grand-père. Lors de la cérémonie, deux chansons ont retenti : celle de Jean Ferrat, « La montagne » et « la rivière de notre enfance » de Michel Sardou et Garou, deux chansons qui le représentaient bien je trouve. Une des deux chansons fut mise, le temps pour nous de jeter des pétales de fleurs sur le cercueil.

Nous sommes sortis du funérarium, et sommes allés en direction du cimetière, le même où a été enterrée ma grand-mère maternelle. Tout le trajet s'est fait en pleurs. Les voitures de toute ma famille se suivaient les unes derrière les autres. Arrivés au cimetière, nous avons marché jusqu'à la pierre tombale où était enterrée ma grand-mère. Un par un, les membres de ma famille ont jeté des pétales de rose sur la tombe de mon grand-père qui avait été posé délicatement par les membres des pompes funèbres. Ce jour-là restera gravé en moi pour toujours.

Mon pépé que j'aime tant.   Les grands parents
maternelle je leurs ai tous les deux écrit un petit
poème, après leurs décès.

Pépé
En haut de la croix de fer,
On a jeté tes cendres.
Aujourd'hui à ta demande,
On sourit tous ensemble.
Une journée avec toi,
Etait que du bonheur pour moi,
Les nuits passées dans ta maison,
Dans mes pensées elles resteront.
Comment puis-je oublier
Un pépé qui a tout donné ?
Toutes les soirées,
Qui étaient organisées
C'est chez toi qu'on les a passées,
Le bonheur était au complet.
Je n'ai pas connu assez longtemps mémé,
Mais avec les photos elles restent dans mes
pensées
Je sais qu'elle avait un cœur,
Comme moi je t'aime de tout mon cœur.

Mémé

Je ne t'ai pas connu assez
Mais je n'ai jamais cessé de t'aimer,
Tu restes dans mes pensées,
Sur les photos tu es gravée.
J'allais sur ma 7 ème année

Quand tu es décédée.
On me parle souvent de toi
Et pratiquement à chaque fois,
Les moments qu'ils ont passés
Sont restés dans leurs pensées.
Alors je ne l'oublierais pas,
De dire que je t'aime gros comme ça.

En 2011, j'ai dû me confronter au décès de ma grand-mère, cette fois-ci du coté de mon père. Elle était polonaise, j'avais donc et ai toujours la fierté d'avoir cette origine. Je me souviens d'elle par son envie de faire des gâteaux à chaque fois que je venais ; des tartes aux pommes la plupart du temps.

À son décès, nous avons été à la chapelle Sainte Bernadette. C'était comme une église où l'on faisait des cérémonies polonaises. C'est là que j'ai pu réciter un petit texte que j'avais écrit pour elle. Je lui avais écrit ceci :

Nous voici réunis pour un dernier au-revoir à celle qui fut une mère, une grand-mère, une arrière-grand-mère, ou encore une amie, mais avant tout une femme exceptionnelle. Maria restera dans nos mémoires à tous, cela ne fait aucun doute. Alors, puisque ce souvenir est notre lien commun aujourd'hui, pourquoi ne pas se souvenir, ensemble ? Un beau jour du 18 octobre 1940, Maria mit au monde Jeanine dans une ville de Pologne appelé Obzczko, avant de partir pour l'Allemagne où né Stéphane. Elle arriva en France en 1949 dans la ville de Meaux ou est né Edouard, pour ensuite s'installer dans une ville de la région Parisienne à Argenteuil ou elle restera Jusqu' à la fin de ses jours. Tous ses voisins la connaissaient et l'aimaient. Souvenons-nous aussi de la femme que devint Maria, qui épousa François et avec qui elle fonda la famille dont elle avait toujours rêvé : une famille unie, heureuse de se retrouver, se serrant les coudes pour affronter ensemble les tempêtes, où chacun sait aussi s'éloigner et revenir, selon les circonstances de la vie. À tout ce petit monde, et c'est ce qui est le plus extraordinaire, Maria a su transmettre son caractère combatif, sa pugnacité, son envie de mordre la vie à pleines dents et sa joie de vivre, à grands renforts de longues conversations passionnantes, ainsi que de chants polonais ou allemand qu'elle chantait à cœur joie, et surtout d'un exemple toujours imité, jamais égalé : le sien, la manière dont elle a su mener de front sa vie familiale, sa carrière professionnelle dans l'agriculture avant de devenir aide-soignante à l'hôpital d'Argenteuil, dans un inépuisable amour pour les autres. Alors à ton tour, souviens-toi : Mamie, aujourd'hui, ce n'est pas un adieu que je t'adresse, non, car tu resteras près de chacun de nous, là, juste à côté de notre cœur, comme un formidable personnage, un exemple, que l'on ne cessera jamais d'aimer. On t'aime !

J'avais aussi écrit un petit poème très court mais qui résumait bien sa personne. Je ne l'ai pas lu à cette journée-là, mais je l'ai toujours gardé.

Je me rappelle d'un jour,

Où tu m'as porté dans tes bras.
Comment oublier ça ?
C'était mon tout premier jour.
Tu m'as vu grandir,
Je t'ai vu souffrir.
Mais jamais je n'ai effacé,
Toutes ces belles années.
Je me rappelle aussi,
De ton envie de faire plaisir.
Avec ces délicieux gâteaux,
Qui étaient aussi très beaux.
Comment oublier ce moment
Celui où tu as fermé les paupières
Où aussi le moment de recueillement
Dans l'église où tu étais la lumière.

Après l'église, on a été au cimetière pour l'enterrement. C'était émouvant, comme tout enterrement je pense. Je garde de très bons souvenirs avec elle. Chaque premier novembre, je vais me recueillir sur les tombes de tous mes grands-parents.

Mes grands-parents sont en vérité unique, certes tout le monde est unique, mais ceux-là, même étant plus de ce monde, ils m'auront quand même fait vivre de sacrés bons moments et m'auront fait beaucoup de cadeaux, leurs décès m'a fait du mal, chaque jour, j'ai une pensée pour eux. Je me dis qu'il me surveille de là où ils sont et voient ce que je fais et peuvent être fiers de moi.

6 - MARSEILLE / PARIS

Le onze décembre 2012, un peu tôt par rapport à la vraie date, mais tant que c'est pour réunir la famille, rien n'empêche. Après réservation d'une salle, je fêtais ce jour-là mon anniversaire, un anniversaire pas comme les autres car c'était celui de mes dix-huit ans, l'âge où l'on devient adulte, où l'on peut pour la première fois aller voter, faire son devoir de citoyen. Lors de cette soirée pratiquement toute la famille était là, sauf les personnes qui habitaient trop loin pour venir. Tout se déroulait bien, tout le monde s'entendait parfaitement. J'étais tout heureux de vivre ça, moi qui ne faisais que très rarement des anniversaires. Quelques mois plus tard se déroulaient les dix-huit ans. Donc la famille se revoyait deux fois en quelques mois, le top !

Été deux mille douze, j'ai eu envie de partir du Nord. Pas du Pas de Calais, mais de Paris, car pour moi cette ville c'est le nord ; de retrouver un peu le soleil et plus particulièrement celui de Marseille. Je le voulais d'une part parce que j'avais pu rencontrer par internet une fille que j'aimais et d'autre part pour aller voir mon équipe de football favorite, dans son stade. Mais il ne faut pas se le cacher, c'était aussi car j'aimais cette ville ainsi que ses habitants. J'ai passé deux semaines là-bas pour les vacances, vu que mon but était d'être proche de ma copine et de rester dans la ville que j'aime. Je m'étais trouvé un appartement dans le douzième arrondissement, Un vingt et un mètre carrés. J'ai donc préparé mes bagages, mes parents étaient d'accord, c'était donc parti pour minimum un an, voire plus si je trouvais un bon travail.

Fin août 2012, ma valise étant prête, j'ai pris à Paris gare de Lyon le train en direction de Marseille Saint Charles. C'était parti pour un an. Arrivé là-bas, les parents de ma copine me proposaient de manger chez eux, le temps que j'achète tout ce dont j'avais besoin, pour pouvoir habiter chez moi tranquillement.

Un mois plus tard j'ai pu faire la rencontre de Gaby, un jeune qui discutait toujours avec le chauffeur de la ligne 40, celle que je prenais le matin et le soir pour aller et revenir de la formation. Je l'ai trouvé à Aubagne, pour préparer un B.E.P commerce, formation que ma copine allait faire aussi ; nous étions dans la même classe. Le chauffeur était Guy, il y en avait un autre Philippe ; si ce n'était pas l'un il y avait l'autre. J'ai commencé à sympathiser avec les chauffeurs et avec Gaby surtout. Avec lui, j'ai fait des soirées dans mon petit appartement de 21m2. Invités ? Brenda ma petite copine et le fameux Gaby. Une petite soirée entre amis n'a jamais fait de mal surtout qu'on achetait des pizzas pour manger.

Février 2013, par internet, j'avais retrouvé la trace de ma petite cousine. Elle habitait Plan de campagne, qui était à une trentaine de minutes de chez moi en car. Cela faisait des années que l'on ne s'était pas vu, j'avais donc fait le voyage jusqu'à Cabriès, ville juste à côté. Nos retrouvailles ont laissé quelques larmes couler, mais celles-là étaient de joie bien sûr. Cela faisait tellement de bien de retrouver des gens de notre famille qu'on n'avait pas vu depuis des années. C'était aussi de voir à quel point elle avait changé qui m'avait donné envie de la revoir. Quelques temps plus tard, c'est elle qui est venue à Marseille. Elle faisait un stage par là. Nous avons donc pu nous revoir deux fois, c'était vraiment du pur bonheur!

J'ai pu revoir aussi Romain mon meilleur ami d'enfance, celui qui avait dû déménager. J'ai pu le retrouver grâce à Facebook. Lui avait aussi essayé de son côté mais mon nom étant un peu dur à retenir, il n'avait pas pu me retrouver. Il habitait Aix-en-Provence. Ce fut une belle journée chez lui même si l'air était sec et donc un peu dur à respirer. Rien à dire, à part que revoir un ami qu'on connaît depuis la maternelle et avec qui on traînait toujours dans la cour de récréation, ça n'a pas de prix. Un choc quand on s'est revu, il avait tellement changé, normal et heureusement mais ça m'avait fait un peu bizarre.

Mois de mars 2013, le lundi vingt-cinq plus précisément, Axel m'avait appelé depuis une semaine pour que je vienne chez lui ce jour-ci précisément. C'est un ami de longue date. De tout cœur je suis arrivé chez lui, ses parents sont au travail, il n'y avait que son petit frère Lucas, quinze ans, qui était présent. Arrivé chez lui, nous avons commencé une partie de football sur la console de jeux. Après quarante-cinq minutes de jeu c'était la pause. Son frère Lucas est monté dans la chambre, pour demander à son grand frère s'il pouvait venir l'aider. Axel a accepté direct et lui a répondu qu'il allait aux toilettes et revenait. Voulant l'aider, je m'étais proposé d'aller voir Lucas pour ses devoirs. Avec l'accord d'Axel, je suis descendu avec son frère dans le salon où étaient posés ses devoirs. Sorti des toilettes, Axel m'a demandé si j'avais fini avec son petit frère "et si on finissait le match ?", sans m'inquiéter je lui ai répondu d'accord.

La partie était loin de se terminer et elle ne se terminera même jamais. Le temps que d'aider Lucas aux devoirs en bas, Axel qui avait fermé sa porte de chambre, avait eu le temps d'aller chercher une corde qu'il avait préparée d'après moi dans son armoire, l'avait attaché en haut de son lit. Avec l'aide d'une chaise, il s'était pendu. Le bruit ne nous avais pas fait plus bouger que ça, vu que la maison résonnait un peu. Son petit frère cria : "Axel, peux-tu m'envoyer mon livre d'Anglais sur mon bureau?", ne répondant pas Lucas était monté dans la chambre de son frère, pour lui demander directement. C'est là que j'avais pu entendre Lucas crier " NNNNNOOOOONNNNN , AXXXXXEEEEELLLLL!!!". Inquiet, j'ai monté les escaliers à grande vitesse et vu Axel, pendu, avec son frère qui devenait blanc à la limite de tomber dans les pommes. Mais pour sauver une vie, que tu sois bien ou pas, tu cherches un moyen. Lucas a eu l'idée d'aller chercher une scie dans la boite à outils de son père, le temps que j'essaie de détacher Axel qui était déjà pas mal blanc. Lucas arrivait avec la scie et a pu couper la corde qui, pour rien arranger était bien attachée. Le temps devenait précieux, les secondes jouaient en notre défaveur. Axel ne répondait plus aux appels, il ne bougeait même plus les doigts. J'ai pris direct le téléphone dans ma poche pour appeler les secours qui avec de la chance, n'étaient pas loin de là. Quelques secondes plus tard, Axel s'est retrouvé par terre grâce au réflexe du petit frère, on ne savait plus quoi faire. J'avais retenu Axel qui pesait tout son poids. Avec le choc, Lucas et moi avons laissé les secours s'occuper de lui. Les pompiers essayaient de le réanimer, Lucas était venu se morfondre en larmes dans mes bras, il venait surtout dans les bras d'une personne tremblante et en pleurs qui ne pouvais rien faire à par attendre le verdict des secours. Je le serrais fort dans mes bras, dans le même temps il répondait au questionnaire des secours. Quand ils ont demandé le numéro des parents, Lucas leur a donné, il le connaissait par cœur. Les secours ont appelé les parents qui à cette heure étaient encore au travail, la question qui venait dans toutes les têtes c'est bien celle du "pourquoi ce geste ?", une réponse qui ne sortira d'aucune bouche, et aucune lettre d'Axel pour justifier son geste…

Les parents, choqués que le SAMU les

appellent, ont quitté leur travail et sont arrivés chez eux pour apprendre la nouvelle. Axel n'a pas été détaché à temps, le SAMU a tout fait mais le décès avait été annoncé à dix-sept heures et quarante-sept minutes. Quelques jours plus tard l'enterrement s'est passé. Il y avait peu de monde mais on ressentait tout de même l'émotion. Les larmes coulaient, les sanglots s'entendaient et résonnaient dans l'église, l'enterrement au cimetière aura été de la même émotion. Par la suite j'ai été suivi par des psychologues, de même pour Lucas ainsi que ses parents. La réponse à ce suicide sera donnée par une lettre retrouvée longtemps après, dans la chambre de Lucas, la cause était son homosexualité.

Ce suicide m'a fait démarrer des crises d'angoisse, cela m'a fait comprendre aussi que les meilleurs partent toujours les premiers. Voir une personne se suicider devant toi est la pire des choses, je trouve. Cet ami que je n'ai pas vu depuis des années, cette fois-ci, je ne le reverrais plus jamais en vrai, seulement par pensées ou par la photo qui est sur sa pierre tombale.

Le soir du quatorze juillet 2013, Gaby et moi nous nous sommes dirigés vers le Prado pour retrouver un ami à lui, Julien et sa copine Priscilla (Prisci pour les intimes) ainsi que sa famille et la sœur de Gaby. Une fois tous ensemble, nous nous nous sommes rendus dans un café sur le vieux port, pour voir le feu d'artifice qui était tiré de là. Nous avons fait la commande de quelques verres et dans le restaurant d'à côté c'est la commande de pizzas que nous avons faite. Une très belle soirée qui du coup m'a fait connaître d'autres personnes avec qui je suis toujours resté en contact et avec qui je partais en vacances. Cela me remontait un peu le moral et me faisait changer les idées.

Au vu de mon état psychologique et n'ayant pas retrouvé de travail, j'ai décidé de retourner à Paris chez mes parents. J'ai repris contact avec des psychologues, le suicide m'avait fait remémorer toutes ces images de ce drame mais aussi sur mon passé au collège. En cette période je voyais Julien, un ami rencontré avant mon départ à Marseille. Nous avons passé ensemble des journées sur Paris ou vers chez moi. Au mois d'avril, Priscilla m'a invité avec des copines à elle à la foire du Trône à Paris, une bonne occasion pour penser à autre chose. Une belle journée de passée, nous avons fait pratiquement toutes les attractions qui étaient présentes, en plus sous le soleil ce qui était rare dans le nord de la France.

Fan de l'olympique de Marseille qui est un club de football, j'ai créé un groupe sur Facebook. Là-bas, les supporters du club sont soudés et amis à vie. C'est grâce à ça que je m'étais fait quelques amis sur ce groupe qui sont devenus cher à mes yeux. Les deux avec qui je m'entendais le plus c'était Grégory et Péroline. D'ici que des soirées soient organisées il n'y avait pas des kilomètres. C'était vraiment deux amis que j'aimais beaucoup et que je ne voulais jamais perdre.

Au mois d'août, j'ai été contacté par l'agence CAPA pour un projet de reportage sur le harcèlement scolaire en France pour trouver des soutiens et des témoignages sur le sujet. Une bonne initiative pour changer au moins un peu la cruauté des cours de récrée, surtout sur un sujet qui est pour moi trop tabou et qui n'était pas reconnu. Là-bas j'ai pu faire la rencontre de personnes formidables, eux aussi ont dû subir les conséquences de ce fléau et sont venu y participer pour dire stop, sortir tout ce qui avait au fond d'eux pendant des années. C'était l'occasion d'échanger un peu nos histoires de primaire, collège voir même lycée pour ceux qui ont continué jusqu'au bout. C'est là que j'ai pu faire la rencontre d'une Jennifer, elle aussi a subis les conséquences et pas des moindres. D'ailleurs elle a créé une page internet " journalduneharcelee.e-monsite.com " où elle raconte tout de son passé de harcelée, jusqu'à maintenant ainsi que d'autres personnes. J'ai aussi fait la rencontre, mais cette fois-ci en vrai, d'un monsieur, Sylvain de son prénom, il était le Président de l'Association "Joue Pas Avec Ma Vie". Je l'ai rencontré sur internet par le biais d'une personne que j'ai connu. Je suis même devenu membre de son association. Quelle joie pour moi d'être membre d'une association à laquelle j'étais attaché au vu de mon passé.

7 - L'inattendu

Quelques mois après le suicide d'Axel, Lucas m'a appelé. Il m'a annoncé qu'il avait retrouvé une lettre de son frère cachée dans un livre qu'il n'avait pas lu depuis longtemps. Il l'a annoncé en même temps à ses parents, Laurence et Franck qui eux regardaient la télé dans le salon en bas. Les parents découvrirent à leur tour la lettre. Trop de haines et de remords en lui, son père se disait qu'il aurait dû le protéger plus. Dans la matinée, Lucas partait au collège. Laurence elle partait envoyer une lettre à la poste. Franck quant à lui regardait la télé, il ne commençait qu'à dix-huit heures. Personne n'était à la maison, c'est là qu'il a décidé de se jeter par la fenêtre. Un voisin l'avait vu mais arrivé trop tard pour l'arrêter, Franck est tombé de haut. Cinq étages au total. Aucune chance disaient les médecins, arrivés quelques minutes après l'appel du voisin. Tous les habitants de cet immeuble se sont réunis, les pompiers ne pouvaient, limite, plus respirer.

Le SAMU qui lui était appelé en urgence par les pompiers avaient dû bousculer tout le monde pour pouvoir s'occuper du père de famille. C'est quelques minutes plus tard après que le SAMU a examiné Franck. Après avoir essayé de le réanimer sans réussite, ils le déclaraient décédé.

Laurence qui avait fini toutes ses courses décidait donc de rentrer tranquillement chez elle pour manger ce que son mari lui avait préparé, enfin ça c'est ce qu'elle pensait. Arrivée devant chez elle, elle voyait plein de camions de pompiers, le SAMU, et la police. Elle a aussi vu le véhicule des pompes funèbres. Malaise. Un des policiers a demandé à Laurence qui elle était, lui recherchant la femme de Franck. Elle a sorti sa carte d'identité, le policier lui a demandé qu'elle s'écarte plus loin, se demandant pourquoi elle s'exécutait, mais c'était pour seulement quelques secondes. Avec toute cette histoire, elle se doutait bien que c'était une personne de sa famille, et a couru voir qui était cette personne qui était entouré de tant de gens.

Voyant son mari allongé, plein de sang, ce n'était plus une mais deux personnes à secourir, Laurence avait fait un arrêt cardiaque. Les secours étaient impuissants après plusieurs essais de défibrillateur et massage cardiaque. Deux décès en quelques minutes, dur à accepter mais surtout à prendre sur soi pour les secours. Un deuxième véhicule de pompes funèbre a dû arriver, pour emmener le deuxième corps à la morgue. Lucas rentrait tous les midis chez lui. Il a vu ses deux parents morts sur le sol, les pompes funèbres étaient tout juste en train de les recouvrir d'un tissu blanc. Un jeune de quinze ans, Lucas, s'est retrouvé seul sans famille, à par sa grand-mère qui ne pouvait pas s'en occuper au vu de son âge de quatre-vingt ans.

Il a donc dû se retrouver en famille d'accueil, dur pour un adolescent de quinze ans. Quinze ans, c'est tout jeune ça. Il devait avoir pleins de projets et surtout la belle vie devant lui. Après une famille d'accueil avec laquelle ça s'est mal passé, privé de portable et d'ordinateur au moment où il en avait le plus besoin, Lucas a demandé de changer de famille d'accueil. Accepté par l'ASE (L'aide Sociale à l'Enfance), Lucas s'est retrouvé dans une autre. Tout s'est bien passé, l'entente et l'intégration, rien à redire, mais pour lui ce qui lui manquait c'était sa famille, sa vraie famille.

C'est dans la nuit que tout a basculé, Plus de famille Ségura. Lucas a pris une surdose de cachets qu'il avait pu trouver. Il est tombé de son lit, sa tête à taper la première au sol, il est devenu inconscient. Les parents d'accueil se sont tout de suite précipités vers lui. Aucune réponse de sa part. Le SAMU était alerté dans les secondes suivantes, Rien à faire. Tout a été fait mais aucunes réponses, aucuns gestes. La famille Ségura n'existera plus dans le futur, il n'y aura plus de génération à suivre.

C'est toute une famille qui est partie en même pas deux ans, c'est vraiment horrible. J'y repense chaque jour, je me dis, mais merde, la famille qui m'accueillait des fois quand je n'avais pas le moral, je ne pourrais plus aller leur rendre visite. Le Lucas que j'avais serré fort dans mes bras après le suicide de son frère, qui lui aussi est décédé. Qui n'avait plus de repères alors qu'il était vraiment jeune, je ne pourrais plus le voir non plus. En tout cas, je les remercie vraiment de tout ce qu'ils ont fait pour moi le temps que j'étais dans le sud de la France.

8 – La pente remontante

Dix-neuf décembre 2014, c'était le jour de mon anniversaire. Pour fêter cela, j'ai invité quelques amis à moi sur Paris. Buffalo grill avait été choisi comme restaurant pour la soirée. Un bon repas, quelques fous rires, tout pour une bonne soirée. Les cadeaux aussi ont été de la partie, uniquement des cadeaux que j'aimais bien. J'étais vraiment content. Par la suite nous avons été faire un petit karaoké, cela était bon enfant, c'était vraiment sympa. Une musique d'anniversaire retentit. Je ne pensais pas que c'était pour moi, mais si ! Les filles avaient demandé au DJ de mettre cette musique pour moi. Pour couronner le tout un bowling, deux parties pour lesquelles j'ai terminé tout le temps deuxième derrière Mikael, le petit copain de Priscilla, la fille dont j'avais fait la rencontre à Marseille.

Trente et un décembre 2014, le soir du réveillon du jour de l'an. Un de mes oncles fêtait son anniversaire, il est né le 1er janvier, c'était l'occasion de réunir toute la famille. Nous l'avons fêté dans un restaurant marocain qui se situait juste en face de chez moi. Au planning, salade de crudités, suivi d'un couscous royal et en dessert une salade de fruits. Un gâteau d'anniversaire était de la partie évidemment pour être bien calés, même si tout ce qu'il y avait avant avait déjà bien remplis l'estomac. Quelques secondes et nous allions passer l'année 2014 et nous plonger en 2015. Le décompte commençait à être crié 10.9.8.7.6.5.4.3.2.1 et bonne année ! Tout le monde s'est levé pour s'embrasser et se souhaiter la bonne année. Une année pour moi qui me promettait plein de rebondissements. La soirée se terminait chez moi vu que j'habitais juste en face et que le restaurant fermait car ils devaient travailler le lendemain. Nous avons donc fini cette belle soirée chez moi. Arrivé chez moi, une haie d'honneur s'est formée pour faire passer la star du jour. Les canons à confettis se sont fait entendre et tout le monde est rentré au chaud pour continuer cette belle soirée.

Juste avant l'ouverture des cadeaux, c'était un film enfin un montage avec photo et chanson que j'avais fait pour Christian. Cela a été émouvant comme à chaque film monté d'ailleurs. Pour moi, c'était aussi la soirée des au-revoir. Eh oui, Officiellement je partais dès le 5 janvier sur Bordeaux.

C'était l'heure de l'ouverture des cadeaux et même si ce n'était pas moi qui les ouvrait, j'adorais voir ceux des autres. Un de mes ouvrages publiés chez Edilivre, "la vie en poèmes" voilà le cadeau que je lui avais offert avec bien sur une petite dédicace personnelle, vu qu'en plus il était en retraite ce jour. C'était l'occasion de l'occuper un peu. Bon cela est vrai, on est plus occupé quand on est retraité que quand on est employé, mais quand même... Une cravate dédicacée par toutes les personnes présentes, faisait aussi partie des cadeaux, c'était cool comme cadeaux souvenir.

9 - Julien et Darlène

Julien et Darlène, voilà les deux prénoms les plus importants pour ma part, c'est ceux avec qui j'ai passé de fabuleux moments, et que je ne voudrais jamais perdre. Julien c'est mon meilleur ami, Darlène c'est sa copine, une fille très gentille, avec qui je me suis bien entendu directement quand Julien me l'a présenté. On ne se voyait pas souvent avant, mais depuis quelques temps, on se voit de plus en plus. La dernière fois que l'on s'est vu, c'était chez Darlène, elle m'avait invité pour dormir chez elle, c'est surtout pour se baigner dans sa piscine chauffée, avec la chaleur qu'il faisait ce jour-là, ça ne pouvait que faire du bien. Ça n'a pas loupé elle était à 28 degrés. On est resté quelques temps et nous sommes sortis un petit moment pour attendre Julien. Il était au travail mais dès qu'il est revenu, on n'a pas hésité à y retourner. On s'est vraiment bien amusés. Il y avait aussi le frère à Darlène. Il s'appelait Gary. Dans la chambre de Gary, quand on y rentre, on se croirait en boite de nuit. Toutes les lumières étaient allumées comme en boite, puis le genre de fumée qui sortait du boîtier c'était pas mal non plus on s'y croyait vraiment. On y est resté quelques heures. Je suis parti de chez eux avec un sourire, heureux d'avoir passé une soirée auprès d'eux et des parents très sympathiques.

Quelques temps plus tard, Darlène et Julien viennent chez moi. On décide de se faire une journée accrobranche. Cela faisait longtemps que je n'y avais pas été, et il faut dire que je n'ai rien oublié. Nous avons fait plusieurs parcours du plus simple au plus dur et j'ai dû arrêter au milieu du dernier parcours pour cause de blessure mais cette journée reste inoubliable. Nous avons fait plusieurs journées et soirées depuis.

10 – Le travail et l'amour

Tout a commencé le 1er juillet 2015. Après plusieurs étapes de recrutement, je démarre ma toute première journée de travail dans cet hypermarché. C'est une journée papier à remplir pour cette première, pas trop ce que j'attendais mais, bon il faut bien passer par là un jour pour signer le contrat.

Quelques jours après pour implanter la rentrée scolaire, j'ai dû faire des horaires de nuit. Le travail de nuit ne me dérangeait pas trop, je dirais même que je préférais ça au travail en journée. 21 h 30, c'est le début du travail qui s'est déroulé parfaitement bien, nous avons bien travaillé avec mes collègues. À 9 h 00, je pouvais rentrer faire ma nuit. Assez dure quand il y a la lumière du jour, mais bon, on s'y fait. Nous avions effectué du travail de nuit pendant une semaine, c'était vraiment cool.

De jour en jour, j'ai pris mes repères et je me sens de mieux en mieux. De quoi avoir l'envie de venir travailler. Ce travail me fait repartir sur de bonnes bases et je peux donc reprendre une vie entre guillemet normale.

Un peu avant d'être employé à Carrefour, J'ai fait la rencontre de Caroline sur un site de rencontre par internet. Nous avions plein de points en commun. Elle fait du badminton comme moi, elle aime bien les animaux, pareil pour moi, enfin pleins de choses comme cela qui ont fait que nous avons pu avoir une assez longue discussion.

Quelque temps plus tard, c'était le dimanche 26 juillet 2015, je m'en rappellerais toujours. C'était le jour de l'arrivée du tour de France sur les champs Élysées. C'est ce jour que je l'ai rencontré pour la toute première fois, cette fois-ci en vrai. Nous avons passé la journée ensemble, ses parents m'avaient invité à venir manger chez eux pour que je puisse les rencontrer eux aussi. C'est Caroline et son père qui sont venus me chercher à la gare. Ils étaient vraiment sympas. J'étais un peu timide au début, mais ils m'ont vite fait rassuré. Repas terminé, nous avons décidé avec Caroline de faire une balade pour que je visite un peu sa ville, ce que nous avons fait.

Nous avons visité le château de sa ville, très beau à voir, ce fut une belle visite. Nous avons été en haut du donjon, mais la pluie nous a empêché de rester plus longtemps, nous avons donc continué la visite à l'intérieur avant de repartir chez elle. Nous sommes repartis du château sous la pluie, heureusement, elle avait prévu les parapluies, ce qui nous a un peu plus protégés.

Vers 18h, c'était l'heure pour moi de repartir, j'aurais bien aimé rester plus longtemps, mais malheureusement, je commençais tôt le travail le lendemain, du coup, je suis reparti. Ça a été dur surtout que j'ai eu un coup de foudre... J'ai appris le soir même par message que celui-ci était réciproque.

J'étais dans mon petit nuage quand j'ai appris cela. Une belle histoire qui à commencer et qui j'espère ne se terminera jamais.

Au fur et à mesure que les jours passent en tout cas, nos sentiments ont l'air d'évoluer dans le bon sens que ce soit pour moi ou elle. Je suis vraiment heureux avec elle. Ça change de mes précédentes relations.

Remerciements

L'écriture n'a pas de limites alors je vais continuer et terminer par cela. Je tiens à remercier tout particulièrement Elisa Dexet pour la page de couverture.

Je tiens à remercier aussi tous mes amis qui ont été là pour moi, à me soutenir pendant toutes ces années, et m'avoir permis de m'épanouir grâce à des sorties. Pour vous remercier je vous ai identifié dans ce livre. Car vous êtes dans mon cœur et vous le resterez à jamais.

Sites

Facebook des créations d'Elisa Dexet :
https://www.facebook.com/lepetitmondedetsuko?fref=ts

Association Joue Pas Avec Ma Vie :
http://www.jouepasavecmavie.fr
Cette page associative à été créé Par Mr Godfroy Sylvain, président de l'association « Joue Pas Avec Ma Vie » et ex victime de ce Fléau comme un enfant sur 10. C'est aussi dans cette association que je suis membre.